Elmar Gruber

Gott – da ist was dran

Elmar Gruber

Gott – da ist was dran

Glaubensgespräche mit jungen Menschen

Herder
Freiburg · Basel Wien

Abbildungen: Photodisc, Resource Book 5
Background Series 9, Electric Skews
Umschlag: H. Bausch

Satz: DTP-Studio Helmut Quilitz, Denzlingen
Druck und Einband: Proost, Turnhout 1999
ISBN 3-451-26887-6

Inhalt

Brief an meine Leserinnen und Leser

Liebe Leserin, lieber Leser,

vielleicht hast Du das Buch „Glauben macht Freude“ schon gelesen. Vielleicht ist Dir auch schon klar geworden, daß es im irdischen Leben eigentlich nur darauf ankommt, an die ewige Liebe und das unverlierbare bedingungslose Geliebtsein zu glauben und aus der Liebe und für die Liebe zu leben. Wenn wir heute das Wort „Liebe“ gebrauchen, müssen wir uns immer wieder bewußt machen, daß Liebe mehr ist als Sex und Erotik.
Liebe ist die ewige Ja-Kraft, die alles bewirkt, was es gibt, und die bewirkt, daß letztlich alles gut wird. In Sex und Erotik wirkt sich die Liebe aus – oder besser: dort soll sich die Liebe auswirken. Wenn hier nicht die Liebe überwiegt, sondern der Egoismus, können durch Sex und Erotik die schlimmsten Verbrechen geschehen.
Wenn ich nun mit Dir ein wenig über Jesus und die Kirche reden möchte, kannst Du mir sofort entgegnen: Um an die Liebe zu glauben und für die Liebe leben zu wollen, brauche ich keinen Gott und keinen Jesus – und die Kirche schon gar nicht. So gesehen hast Du gewiß recht. Wenn Du aber bedenkst, daß für viele Menschen Gott

die Liebe und Jesus die Verkörperung der Liebe ist, wirst Du zugeben, daß für den Glaubenden in jedem liebenden Menschen Gott wirkt.

Es gibt viele Menschen, die sich selbst als „ungläubig" bezeichnen, die sich aber bemühen, in ihrem Leben selbstlose uneigennützige Liebe zu verwirklichen. Der bekannte Theologe Karl Rahner nennt diese Menschen „anonyme Christen", d. h. diese sind wahre Christen der Einstellung nach, die aber den Namen „Christ" für sich nicht in Anspruch nehmen oder sogar strikte ablehnen wegen schlechter Erfahrungen mit Christen, die allzu sehr mit ihrem Christsein Reklame gemacht haben oder durch ihr Verhalten unglaubwürdig geworden sind.

Manchmal sagen Menschen: „Ich habe mein Christsein ganz tief in mir drin; das geht keinen was an; das braucht keiner sehen". Gewiß muß das Christsein ganz tief im Menschen und in seinem Gewissen verankert sein. Wenn aber das Innerste des Christseins die Liebe ist, kommt das Christsein bewußt oder unbewußt immer zur Auswirkung.

Es gehört zum Wesen der Liebe, daß sie sich auswirkt. Wenn sie sich nicht auswirkt, fehlt sie eben. Stell' Dir eine Liebeserklärung vor, bei der einer mit steriler Computerstimme sagt: „Ich liebe Dich", und die andere sagt gelangweilt: „So, das ist aber nett, darauf habe ich gerade noch gewartet!“ Wenn Liebe da ist, zeigt sie sich vor allem und zuerst in Zeichen, die begeistern. Die Erklärungen können das bereits Erlebte nur feststellen.

Nun kommt noch ein Einwand, den Du vielleicht auch hast. Ich hatte kürzlich ein Glaubensgespräch mit einer Frau, die nicht in die Kirche geht und ganz bewußt wegen vieler Enttäuschungen nicht zur Kirche gehören will und deshalb aus der Kirche auch ausgetreten ist. Diese Frau setzt nun ihre ganze Lebenskraft und ihren ganzen Idealismus ein in der Sorge für schwerst behinderte Kinder. Unser Problem konzentrierte sich in einem Satz, in dem sie ihre Überzeugung zum Ausdruck brachte: „Um Gutes zu tun, brauche ich keine Kirche!“ Im Tonfall ihrer Stimme spürte ich die tiefe Abneigung gegen die Kirche und gegen alles Religiöse. Ich konnte ihr nur zustimmen, denn alles kommt im Leben auf die Verwirklichung von Liebe an; das ist der „ewige Sinn“ unseres vergänglichen Lebens.

Wo und wenn aber echte Liebe verwirklicht wird, entsteht immer etwas Neues: Beziehung. In den Beziehungen erfahren die Menschen Geborgenheit, Friede, Freude, Glück. Es ist paradox: In der Verwirklichung der Liebe entsteht etwas, das der Mensch nicht macht und nicht machen kann. So kann ich z. B. Samen säen; aber

daß sie keimen und wachsen, das kann ich gewiß beeinflussen, aber ich kann es nicht machen.
Um zu lieben, brauche ich die Liebe, nicht unbedingt die Kirche oder eine religiöse Gruppe. Aber wenn ich liebe, dann entsteht immer Beziehung, Gemeinschaft. Gemeinschaft ist aber die Grundsubstanz jeder Gruppe und auch der Kirche. Kurz gesagt: Um Gutes zu tun, brauche ich keine Kirche; aber wenn ich Gutes tue, entsteht Kirche, die „Ursubstanz", aus der sich Kirche aufbaut, auch wenn diese Ursubstanz manchmal sehr schwer zu erkennen ist.
Den ersten und wichtigsten Grund zum Glauben an die absolute Liebe finden wir nicht in der Bibel, bei Jesus und in der Kirche, sondern in unserer unstillbaren Sehnsucht nach Glück und grenzenloser Liebe. In zweiter Linie freilich können wir durch Bibel, Jesus und Kirche die gewaltige Bestätigung unseres Glaubens an die Liebe gewinnen. Durch diese Bestätigung wird der Glaube zum tragenden Bewußtsein und zur unbesiegbaren Kraft, die alles besteht und überwindet.
Vielleicht können Dir die folgenden Kapitel helfen, den Glauben an Jesus Christus und seine Kirche trotz aller möglichen Einwände und Probleme doch letztlich positiv zu sehen als Einladung zu einem glücklichen Leben.

Elmar Gruber

1. Wer ist Jesus?

Liebe Leserin, lieber Leser,

die Sehnsucht nach Liebe, nach ewiger, unverlierbarer Liebe, die du und ich und wir alle spüren, – diese Sehnsucht haben die Menschen zu allen Zeiten gehabt. Wir Menschen spüren aber auch, daß wir diese Liebe, nach der wir uns sehnen, und die wir brauchen, um glücklich zu sein, nicht selber machen können. Am Anfang des Buches haben wir schon darüber nachgedacht, daß aus dieser Sehnsucht nach ewiger Liebe der Glaube an die ewige Liebe entstehen kann. Denn das, wonach sich **alle** sehnen, „muß" es doch geben. Wer an die ewige Liebe glaubt, der kann sie trotz Leid und Bosheit und trotz allem, was dagegen spricht, in unserem irdischen Leben bestätigt finden. Aber zuerst muß ich glauben, dann kann ich die Bestätigung finden. Wenn ich zuerst die „Beweise" haben will, finde ich nur Ungereimtheiten, und ich komme nie zum Glauben.

Zuerst muß ich glauben, dann kann ich die Bestätigung finden.

In unserer Menschheitsgeschichte finden wir auch immer wieder die Vorstellung, daß Gott oder „die Götter" in Menschengestalt zu uns Menschen kommen. In der biblischen Glaubensgeschichte sind es die Propheten, die Mut machen, daß wir an die Erfüllung unserer Sehnsucht glauben. Sie prophezeien, daß einmal der kommen wird, der allen Menschen den Frieden,

Die biblische Glaubensgeschichte beginnt mit einem Menschen, mit Abraham.

Abraham glaubt und verläßt sich total auf Gott.

Im ersten Teil der Bibel, im „Alten“ oder „Ersten“ Testament, stehen furchtbare und grausame Geschichten.

Bei aller menschlichen Grausamkeit entsteht als erster Schritt in der Gotteserfahrung der Glaube: Gott will uns; Gott hat uns gerettet; wir sind sein Volk.

die Freude und die Liebe bringt. Die biblische Glaubensgeschichte beginnt mit einem Menschen, mit Abraham. Dieser spürt in sich den Ruf, sich ganz auf den Gott zu verlassen, der es nur gut meint mit ihm, trotzdem so vieles dagegen spricht. Und Abraham glaubt und verläßt sich total auf diesen Gott. Aus Abraham und seinem Glauben entsteht eine Gruppe, dann ein Volk, das zunächst in der Knechtschaft des ägyptischen Pharao lebt und sich dann von der Knechtschaft befreit und selbständig wird. In diesem Befreiungserlebnis, im „Durchzug durch das Rote Meer“, erkennt das Volk in seinem Glauben die Tat Gottes.

Im ersten Teil der Bibel, im „Alten“ oder „Ersten“ Testament, stehen furchtbare und grausame Geschichten, die unmöglich die Taten eines liebenden Gottes sein können. Was ist da zu sagen?

Du mußt immer bedenken: Gott greift nie mit Gewalt **von außen** ein. Er bewirkt alles durch die Macht der Liebe **von innen**, die der Mensch nur im Glauben an die Liebe erkennen kann. Gott greift von außen her in die menschlichen Grausamkeiten nicht ein, weil er die Freiheit des Menschen achtet, auch wenn sie zur Bosheit führt. Gott will den Menschen durch die Begeisterung für die Liebe von innen her entgiften. Bei aller menschlichen Grausamkeit entsteht als erster Schritt in der Gotteserfahrung der Glaube: Gott will uns; Gott hat uns gerettet; wir sind sein Volk.

Dieses Volk hat einen weiten Weg vor sich. Als nächstes schließt Gott einen Bund mit seinem Volk. Dieser Bund enthält die 10 Gebote, die der ganzen Menschheit den Frieden bringen könnten. Das Volk Gottes, Israel, hat den Auftrag, **allen** Völkern den Frieden zu bringen. Aber damals wie heute ist es für Menschen sehr schwer zu glauben, daß Gott **alle** Menschen, auch die anderen und meine Feinde liebt. Denn dieser Glaube hat Konsequenzen: Wenn Gott meine Feinde liebt, kann ich meine Feinde nicht mehr hassen!

Wer an die ewige Liebe glaubt, kann nun in Jesus, im „Neuen" oder „Zweiten" Testament, einen neuen Versuch Gottes erkennen, der seine ewige Liebe zu allen Menschen in dem Menschen Jesus offenbaren will.

Wer an die ewige Liebe glaubt, kann nun in Jesus einen neuen Versuch Gottes erkennen, der seine ewige Liebe zu allen Menschen offenbaren will.

Doch haben wir nun die Frage: Wer war, oder wer ist dieser Jesus? Noch vor 50 Jahren gab es wissenschaftliche Zweifel, ob es diesen Jesus überhaupt gegeben hat. Heute zweifelt auch die Wissenschaft nicht mehr an der geschichtlichen Existenz Jesu. Aber damit ist die Frage noch nicht beantwortet: Wer war dieser Jesus?

Manche halten Jesus für einen besonders guten Menschen, andere für einen Revolutionär und

Sozialreformer, andere für einen Propheten, wieder andere für einen großartigen Weisheitslehrer – so wie Buddha und andere. Alle haben recht. Aber es gab und gibt Menschen, die sahen und sehen in Jesus noch viel mehr. Menschen, die an die ewige Liebe glauben, – zu diesen Menschen zähle ich mich – können Jesus als die Verkörperung der ewigen Liebe erkennen. Von solchen Menschen stammt das Evangelium (= „Frohbotschaft") und schließlich das ganze „Neue" („Zweite") Testament. Die Verfasser des Evangeliums wollen Jesus so darstellen, daß auch der Leser in Jesus die Verkörperung der ewigen Liebe entdecken kann.

Die Verfasser des Evangeliums wollen Jesus so darstellen, daß auch der Leser in Jesus die Verkörperung der ewigen Liebe entdecken kann.

Wenn du das Evangelium liest, mußt du es betrachten wie ein großes und großartiges **Bild**, das mit vielen Bildern, Gleichnissen, Phantasiegeschichten, Erzählungen gestaltet ist, damit wir in der Jesusgestalt die ewige Liebe erblicken können. Auf die Frage, ob das, was die Bibel von Jesus erzählt, genauso war, wie es dasteht, bekommen wir keine Antwort. Bei den Fragen nach dem äußeren Jesusgeschehen gibt es nur wenige „Tatsachen"; über mehr oder weniger berechtigte Vermutungen kommen wir nicht hinaus.

Man muß Jesus von innen nach außen erkennen, nicht von außen nach innen!

Mit Phantasiebildern kann man innere Wirklichkeiten oft besser ausdrücken als mit realistischen Bildern. Denke nur an die Kunst: Das

Sonnenblumengemälde von van Gogh zeigt die Sonnenblumen so, wie sie der Künstler erlebt hat. Darum zeigt das Kunstwerk mehr als eine Photographie. Die ganze Bibel ist ein **Kunstwerk**. Das Evangelium zeigt uns Jesus so, wie die Autoren Jesus erlebt haben. Ihr Zeugnis ist Anregung und Bestätigung für unseren Glauben.

Jesus ist die Verkörperung der Liebe, die Verkörperung Gottes

Man kann nur liebend die Bibel lesen, sonst wird die Frohbotschaft zur Drohbotschaft.

Wir Menschen sind eine Doppelwirklichkeit aus „Leib und Seele". Wenn wir das Wort „Leib" gebrauchen, meinen wir meistens den Körper. Wir haben aber schon darüber nachgedacht, daß „Leib" mehr ist als „Körper", und daß wir unseren Leib in unserem irdischen Leben nur in der sterblichen Form des Körpers haben, die verwesen wird. Also: Wir haben einen Körper mit seinen Sinnen, weil wir alle Wirklichkeiten, auch die geistigen inneren, zunächst nur körperlich erleben können. Wenn dich ein Mensch liebt, dann kannst du das auch nur erleben in der Art und Weise, wie er dich anschaut, anspricht, anrührt, wie er dir Geschenke macht usw.
Das Äußere, Sinnliche könnte man auch „Sinngestalt" nennen. Wir brauchen Sinngestalten,

damit wir die geistigen Wirklichkeiten erleben können. Liebe ist eine geistige Wirklichkeit.

Wir brauchen Sinngestalten, damit wir die geistigen Wirklichkeiten erleben können. Liebe ist eine geistige Wirklichkeit.

Es gibt materielle Sinngestalten, z. B. eine Rose, die Liebe bedeutet; es gibt aber auch phantastische Sinngestalten, die z. B. in Trickfilmen verwendet werden. Es gibt Märchen, Legenden, Phantasiegeschichten, die eine tiefe innere Wahrheit zeigen und vermitteln. Das Märchen vom „Hans im Glück" zeigt z. B., daß ein Mensch dann am reichsten ist, wenn er gar nichts mehr haben muß.

In der Person Jesu ist die Liebe für den glaubenden Menschen total verkörpert.

Die Liebe Gottes ist in allen Geschöpfen verkörpert: im liebenden Menschen, in jedem Tier, in jeder Blume, in jedem Stein. In der Person Jesu ist die Liebe für den glaubenden Menschen total verkörpert. Die Theologie drückt das so aus: Die menschliche Natur und die göttliche Natur sind in der göttlichen Person Jesu eins geworden.

Durch Jesus können wir ganz menschlich Gott begegnen.

Du kannst mir nun entgegenhalten: Warum brauche ich Jesus, wenn ich sowieso schon an die ewige grenzenlose Liebe glaube? Dieser Einwand ist gut. Trotzdem möchte ich dir antworten: Jesus ist für uns die stärkste Glaubenshilfe. Jesus ist die stärkste Bestätigung unseres Glaubens an die Liebe. Noch wichtiger: Jesus ist die größte Möglichkeit, der ewigen Liebe zu begegnen und von ihr erfüllt zu werden. Und umgekehrt wird uns durch Jesus deutlich: Überall, wo wir echte Liebe erleben, erleben wir Gott. Durch Jesus erleben wir auch, **wie** Gott uns liebt.

Was wollte Jesus eigentlich? Es gibt Regale voller Bücher, die auf diese Frage Antwort geben wollen. Und doch ist sie ganz einfach: Jesus will uns die Liebe Gottes zeigen, damit wir davon ergriffen werden und selber wieder echt lieben können.

Du kannst alle Not – die deine und die meine und die aller Menschen – in einem Satz zusammenfassen: Unsere ganze Not besteht darin, daß wir uns nicht leiden können: uns selber nicht und die anderen auch nicht. Wir ärgern uns selber und auch die anderen zu Tode, weil wir uns nicht so nehmen können, wie wir sind. Wir können uns und anderen nicht verzeihen, daß wir sind, wie wir sind. Einen Menschen leiden können heißt, ihn lieben auch mit seinen Fehlern und Schattenseiten. Und wann können wir uns und einander leiden? Wenn wir erleben, daß uns jemand leiden kann und so liebt, wie wir sind.

Unsere ganze Not besteht darin, daß wir uns nicht leiden können.

Wann können wir uns und einander leiden? Wenn wir erleben, daß uns jemand leiden kann und so liebt, wie wir sind.

Jesus hat gelitten und ist freiwillig am Kreuz gestorben, weil er vor dem Haß der Menschen nicht geflohen ist. Er wollte liebend den Haß der Menschen auf sich nehmen – geduldig wie ein Lamm („Christus, unser Osterlamm“!). Durch den Tod am Kreuz beweist Jesus, daß es diese Liebe gibt, die stärker ist als aller Haß und stärker als der Tod. Jesus hatte sich wehren können mit „mehr als zwölf Legionen Engel". Aber er wollte den Haß der Menschen nicht von außen her bekämpfen, sondern von innen her auflösen durch die gewaltlose Macht der vergebenden Liebe.

Der barmherzige allvergebende Gott vertraut darauf, daß wir alle irgendwann uns ergreifen lassen von dieser Liebe und in dieser Ergriffenheit selbst barmherzig werden wie er. Das ist dann die Vollendung des Gottesreiches, des Reiches der Wahrheit und des Lebens, der Gerechtigkeit, der Liebe und des Friedens. Gott braucht Menschen, die sich „opfern", d. h. die sich dazu hergeben, diese Liebe auch unter Nachteilen zu bezeugen. Er braucht alle Menschen – dich und mich –, daß diese Liebe sich bei den Menschen immer mehr durchsetzt. Gott braucht für sich keine Sühnopfer – das ist ein heidnisches Gottesbild! Gott vergibt uns immer; wir brauchen ihn nicht umzustimmen und zu besänftigen. Wir sagen: „Jesus ist gestorben für unsere Sünden" oder: „zur Vergebung der Sünden". Dies wird immer falsch verstanden. Jesus ist nicht gestorben, damit Gott uns vergibt – das tut er sowieso und immer. Gott ist gestorben zur Vergebung der Sünden – d. h. daß wir einander vergeben, ergriffen von seiner unendlichen Barmherzigkeit.

Gott ist gestorben zur Vergebung der Sünden – d. h. daß w i r einander vergeben, ergriffen von seiner unendlichen Barmherzigkeit.

Jesus ist der „Sohn Gottes".

„Sohn Gottes" kann Verschiedenes bedeuten. Die Bibel bezeichnet alle Menschen, die an die ewige Liebe glauben, und die diese Liebe im Leben verwirklichen wollen, als „Kinder" und „Söhne" Gottes. Der Apostel Paulus schreibt im Römerbrief: „Alle, die sich vom Geist Gottes (das ist die ewige Liebe) leiten lassen, sind Söhne Gottes. … Dies ist der Geist, in dem wir rufen: Abba, Vater!"

„Alle, die sich vom Geist Gottes leiten lassen, sind Söhne Gottes".

Dir ist gewiß schon aufgefallen, daß die Bibel immer nur von Männern spricht, wo sie die Frauen genauso nennen müßte. Papst Johannes Paul I. sagte einmal: Wenn wir „Vater unser" beten, müßten wir genauso „Mutter unser" sagen. Gott ist nicht nur unser Vater, sondern auch unsere Mutter. Und als Kinder Gottes sind wir genauso Töchter wie Söhne Gottes.

Wenn wir „Vater unser" beten, müßten wir genauso „Mutter unser" sagen.

Als Kinder Gottes sind wir genauso Töchter wie Söhne Gottes.

Es gibt einen Grund, daß man in alter Zeit die Frauen immer verschwiegen hat: Die Frauen waren so stark an die Männer gebunden, daß man sie gar nicht eigens genannt hat. Ferner glaubte man, daß nur der Mann das Leben so in sich hat, daß er es auch wieder nur an die Männer, die Söhne, weitergibt. Man weiß erst seit 1827, daß es weibliche Keimzellen gibt, und daß das neue Leben nicht nur vom Mann, vom Vater, kommt, sondern auch von der Frau, von der

Mutter. Weil man die Texte nicht so einfach und so schnell ändern kann, müssen wir bei Gott als Vater immer auch „Mutter“ und bei „Sohn“ immer auch „Tochter“ dazudenken und beim Vorlesen der Texte dazusagen.

Es gibt auch eine andere Bedeutung von Gott-Vater und Gott-Sohn.

Es gibt auch eine andere Bedeutung von Gott-Vater und Gott-Sohn, bei der das Fehlen des Fraulichen keine Bedeutung hat. Mit den Begriffen Gott-Vater, Gott-Sohn, Gott-Hl. Geist versucht man, Gott zu erklären und zu begreifen, soweit das überhaupt möglich ist. Denn Gott ist im Innersten für unseren Verstand unbegreiflich. Nun wird's schwierig. Aber stell' dir vor, du müßtest jemandem erklären, daß Gott die ewige Liebe ist, und daß Gott nur einer ist! Alle Menschen können bestätigen: Zur Liebe gehören immer drei: Zwei, die sich lieben, und die Liebe, die sie verbindet. Das Symbol dafür ist das Dreieck, das du in Gottesdarstellungen der Kunst oft entdecken kannst. – Man könnte auch sagen: Zur Liebe gehören zwei Personen und die personale Kraft, die sie verbindet. Die „personale Kraft“ ist die Liebe. Weil sie eine personale Kraft ist, ist sie auch eine Person, zu der man „du“ sagen kann.

Zur Liebe gehören immer drei: Zwei, die sich lieben, und die Liebe, die sie verbindet.

Gott ist die Liebe, und Gott ist nur einer.

Die Einsicht, Gott ist die Liebe, und Gott ist nur einer, führt zu dem Ergebnis: Gott ist einer und zugleich drei – in einem Wort: Gott ist „dreieinig“. Wir verehren den „einen Gott in drei

Gott ist „drei-einig".

Personen". Zu Gott kann ich „du" sagen, und zu den drei Personen in Gott kann ich „du" sagen. Warum nennen wir die erste göttliche Person „Gott-Vater" und die zweite „Gott-Sohn"? Vater und Sohn sind Begriffe aus unserem menschlichen Erfahrungsbereich. Mit „Vater" und „Sohn" kann man vielleicht noch etwas über das Wesen Gottes aussagen. Auch die „drei Personen in Gott" haben einen Ursprung. „Vater" bedeutet einfach „Ursprung". Das ist die „erste göttliche Person". Aus dem Ursprung, dem „Vater", geht die „zweite göttliche Person" hervor, der „Sohn". „Der Sohn ist wie der Vater"; er ist auch Gott, aber kein zweiter Gott. Das Hervorgehen der „zweiten göttlichen Person" kann man vergleichen mit dem Gezeugt- und Geboren-Werden von Menschen. Nur gehören beim Menschen zwei Eltern dazu; bei Gott ist es nur einer, der „Vater". Darum spricht man vom „eingeborenen" Sohn. Das Wort „eingeboren" kann man auch noch anders verstehen: in Gott „hineingeboren". Die zweite göttliche Person gehört zum „Inhalt" Gottes. Wenn man so denkt, kann man Jesus erklären als den „Sohn Gottes", der aus Gott „heraus" in die Welt „hinein" geboren wurde. Das meinen die Theologen, wenn sie sagen: „Der Sohn Gottes ist Mensch geworden".

Es fällt auch auf, daß Jesus im Evangelium

immer wieder vom „Vater“ spricht. „Ich und der Vater sind eins“. Daraus kann man schließen, daß sich Jesus vollkommen eins fühlte und eins wußte mit Gott.

Die „persönliche“ Kraft der Liebe wird als „Heiliger Geist“, als die „dritte göttliche Person“ bezeichnet.

Die „persönliche“ Kraft der Liebe wird als „Heiliger Geist“, als die „dritte göttliche Person“ bezeichnet. Zur Liebe selbst kann man also auch „du“ sagen. Mit dem Hl. Geist ist vor allem die Kraft der Liebe gemeint, die auch in uns wirkt, wenn wir lieben. Diese Kraft ist es, die uns glücklich macht, und die uns das Bewußtsein schenkt, daß wir „ewig Geliebte“ sind. Der Hl. Geist ist auch die Kraft, die alles Leben in der Natur und in der ganzen Schöpfung bewirkt.

Liebe Leserin, lieber Leser,

vielleicht möchtest du jetzt das Buch hinwerfen oder mir um die Ohren knallen. Du wirst sagen: Das interessiert doch alles nicht! Du hast recht! Es genügt zu wissen:

**Es gibt die ewige, grenzenlose Liebe, und diese Liebe ist Gott, und Gott ist diese Liebe.
In Jesus hat sich Gott, die ewige Liebe, verkörpert.**

Es gibt die ewige, grenzenlose Liebe, und diese Liebe ist Gott, und Gott ist diese Liebe. Und noch etwas: In Jesus, hat sich Gott, die ewige Liebe, verkörpert, damit wir uns von Gott ein Bild machen können.
(Im Alten Testament hat Gott verboten, daß wir uns ein Bild machen von ihm, weil das immer

falsch wird. Wir brauchen aber Bilder, damit wir ihn erkennen können. Jesus, als der „menschgewordene Sohn Gottes“ ist das wahre „Bild“ Gottes, das Gott uns selber gegeben hat. In unzähligen Christusbildern versuchen die Künstler, die Vielgestalt des Gottesbildes darzustellen.)

Jesus ist der Sohn der Jungfrau Maria.

Der Mangel an Weiblichkeit beim göttlichen Vater- und Sohnbegriff wird bis zu einem gewissen Grad ausgeglichen durch die Mariengestalt. In Maria sehen wir die „Jungfrau und Mutter“. Junge Fraulichkeit und Mütterlichkeit finden in Maria ihren Ausdruck. „Junge Fraulichkeit“ bedeutet Attraktion und Faszination. „Mütterlichkeit“ bedeutet Geborgenheit, Verstandensein, Erbarmen und Vergebung. Die Weiblichkeit Marias hat ihren Ursprung in Gott. Gott offenbart in Maria seine Weiblichkeit, seine attraktive junge Fraulichkeit und seine Vertrauen erweckende Mütterlichkeit. Gott schenkt sich uns in Maria als „Unsere liebe Frau“ und als „unsere Mutter“. Wir können nicht sagen: Maria ist unsere Göttin; aber wir können sagen: In Maria begegnen wir der Fraulichkeit unseres Gottes, seinem liebenden allvergebenden Erbarmen.

Junge Fraulichkeit und Mütterlichkeit finden in Maria ihren Ausdruck.

Gott schenkt sich uns in Maria als „Unsere liebe Frau“ und als „unsere Mutter“.

Existenz, Zukunft, Gerechtigkeit, Gesetz und Ordnung ist das „männlich Harte“ in Gott; Gnade, Erbarmen, Vergebung und totale Geborgenheit ist das „fraulich Weiche“ in Gott.

Vielleicht denkst du jetzt: Schon wieder so theoretisch! Aber andererseits könnte ich mir denken, daß es gerade für eine Frau beglückend sein könnte, wenn sie sich berufen fühlt, in speziell fraulicher Weise die Liebe Gottes zu den Menschen zu bringen. Darin besteht die „Macht der Frauen“, die verlorengeht, wenn sie nur oder zuviel „männlich“ sein wollen. Der heutige Feminismus hat eine Ursache wohl auch darin, daß die fraulichen Mächte zu wenig Anerkennung und Würdigung gefunden haben und finden.

„Jungfrau“ bedeutet aber noch etwas ganz anderes.

„Jungfrau“ bedeutet aber noch etwas ganz anderes. „Junge Frau“ muß man hier sehen in Verbindung mit „Braut, die sich geschmückt hat für ihren Bräutigam“. „Braut“ ist die junge Frau, die noch nicht mit einem Mann geschlafen hat, und die wartet, bis der Bräutigam kommt und sie „erlöst“ von ihrem Unverheiratetsein. Unverheiratetsein galt in biblischer Zeit als Schande für die Frau. Der Bräutigam wird deshalb auch als „Erlöser“ bezeichnet, der die Braut „freit“ und befreit vom Unverheiratetsein.

„Jungfrau“ ist die Frau, die ganz offen ist für den Mann und bereit ist, ihn zu empfangen.

„Jungfrau“ ist also die Frau, die ganz offen ist für den Mann und bereit ist, ihn zu empfangen.

Die Symbole der Jungfrau sind: Schale, Kelch, Lilie, Halbmond, der Mond, der sein Licht empfängt von der Sonne. In der ganzen Menschheit ist Jungfrau das Symbol für Offenheit und Empfängnisbereitschaft.

Im religiösen Bereich bedeutet Jungfräulichkeit die Offenheit für Gott und die Bereitschaft, Gott vorbehaltlos vertrauend anzunehmen und zu empfangen. Die Jungfrau Maria war ganz offen und vorbehaltlos offen für Gott. Darum hat sie Gott empfangen und buchstäblich geboren und zur Welt gebracht. Jeder Mensch, jedes Kind, kommt von Gott und wird bei gläubigen Menschen „vom Hl. Geist empfangen". Bei Jesus, dem Sohn Gottes, gilt das freilich in ganz besonderer Weise. Wir sagen: Jesus ist Gottes und Marias Sohn.

Jeder Mensch ist jungfräulich, wenn er sich bemüht, ganz für Gott offen zu sein und Gott bedingungslos anzunehmen.

Der Name „Maria" kommt vom hebräischen Wort „mrjah", d.h. Geliebte Jahwes, Geliebte Gottes. Maria war die besonders „Erwählte", die besondere Geliebte Gottes; darum hat sie Gott empfangen und geboren. „Jungfrau" und „Mutter" sind bei Maria untrennbar verbunden. Wenn man „Jungfräulichkeit" religiös versteht, ist es auch verständlich, daß Maria immer Jungfrau geblieben ist, so wie es die Kirche lehrt. Maria ist immer offen gewesen und offen geblieben für Gott, der ihr Unbegreifliches zugemutet hat: Zunächst – gesellschaftlich gesehen –

„Jungfrau" und „Mutter" sind bei Maria untrennbar verbunden.

Maria ist immer jungfräulich, offen geblieben für Gott.

eine uneheliche Empfängnis, dann die Abweisung in den Herbergen, die Flucht nach Ägypten, das Ausreißen Jesu, den sie drei Tage suchen muß, die Abfuhr bei der Hochzeit zu Kana (wo Jesus sagt: „Frau, was habe ich mit dir zu tun? Was geht das mich an?“), die Begegnung mit Jesus auf dem Kreuzweg, Jesu Hinrichtung als Verbrecher. Schließlich empfängt sie bei der Abnahme Jesu vom Kreuz ihren Sohn als toten Sohn in ihrem Schoß, und sie bringt ihn zur Welt, damit alle Welt erfährt, daß es die Liebe gibt, die stärker ist als der Haß. Maria ist immer jungfräulich, offen geblieben für diesen Gott, den sie nie begreifen, sondern nur fraglos erdulden konnte. Durch ihre Hingabe hat Maria Anteil an der Hingabe ihres Sohnes im Offenbarungsgeschehen der ewigen Liebe.

Du hast sicher schon beobachtet, daß viele Gläubige unter der „Jungfräulichkeit“ Marias nur ihre körperliche Jungfräulichkeit verstehen.

Die religiöse Jungfräulichkeit hängt nicht von einem körperlichen Befund ab.

Die religiöse Jungfräulichkeit hängt nicht von einem körperlichen Befund ab. Eine Mutter und ein Vater, die ihre Kinder als Geschenk Gottes annehmen und im Geiste der Liebe erziehen, können sehr wohl „jungfräulich“ sein. Auch wenn der hl. Josef an der biologischen Empfängnis beteiligt gewesen wäre, wäre Jesus genauso Sohn Gottes gewesen. Was biologisch bei der Empfängnis Jesu geschah oder nicht ge-

schah, wissen wir nicht. Darum kann es für den Glauben an die menschgewordene Liebe Gottes auch nicht wichtig sein.
Du fragst mich wohl, warum man bei Maria dennoch so viel Wert auf eine körperliche Jungfräulichkeit legt. Das kommt wohl daher, daß man bis vor gar nicht langer Zeit alles Sexuelle als abgrundtief schlecht und unanständig bewertete. Da war es undenkbar, daß Jesus als Sohn Gottes biologisch normal empfangen und geboren werden könnte. Mit der Vorstellung einer ungeschlechtlichen Empfängnis und Geburt wollte man die Gottheit Jesu beweisen, was aber nicht geht. Denn die Menschwerdung Gottes ist (ebenso wie die Auferstehung Jesu) ein Geschehen **in** unserer Physik und Biologie; sie ist aber kein biologisches oder physikalisches Geschehen. Gott wirkt in unsere Welt; aber das Wirken Gottes ist kein weltliches Geschehen und kann deshalb nicht materiell bewiesen werden.

Gott wirkt in unsere Welt; aber das Wirken Gottes ist kein weltliches Geschehen und kann deshalt nicht materiell bewiesen werden.

Auch dieser Abschnitt war wohl ein bißchen schwierig. Aber er sollte dazu beitragen, daß wir unser ganzes irdisches Leben als Ort erkennen, an dem wir Gott erfahren. Wir alle können Gott empfangen und zur Welt bringen durch unsere menschliche Liebe.

Wir alle können Gott empfangen und zur Welt bringen durch unsere menschliche Liebe.

Jesu Leben und Sterben

Wir feiern das, wovon wir leben.

Zum Schluß dieses Kapitels möchte ich dich noch auf die wichtigsten Momente im Leben Jesu aufmerksam machen. Wir **feiern** diese „Momente“ im Laufe des Kirchenjahres. Denn nur durch das Feiern wird Jesus in unserem Leben die tragende Kraft, die uns glücklich macht. Wir feiern das, wovon wir leben. In den Festen liegt das Glück verborgen.

Advent und Weihnachten

Im ***Advent*** und an ***Weihnachten*** feiern wir das Kommen Gottes. In vielen anschaulichen Erzählungen versucht das Evangelium, uns die Empfängnis und Geburt Jesu, der menschgewordenen ewigen Liebe, nahe zu bringen. Durch die vielen weihnachtlichen Symbole und durch gute Weihnachtsfeiern kann uns das Weihnachtsgeschehen immer mehr ergreifen und in den Sinn kommen.

Erscheinung des Herrn

Am Fest der ***Erscheinung des Herrn*** wird deutlich, daß Gott für alle Menschen aller Zeiten Mensch geworden ist – daß seine Liebe grenzenlos und ewig ist.

Taufe Jesu

Bei der ***Taufe Jesu*** wird Jesus „unser Bruder“. Er „taucht ein“ in unser sündiges Menschsein. Unser so von Haß erfülltes Menschsein wird „geimpft“ mit der ewigen Liebe.

Jesus identifiziert sich ganz mit uns Sündern. Das „gefällt“ Gott. Jesus hört die Stimme Gottes, die ihn als Mensch bestätigt: So bist du mein Sohn; so gefällst du mir.

Jesu Wirken

Jesu Wirken ist heilendes Wirken. Er heilt die Menschen innen und außen – ganz. Er befreit sie von allen Ängsten und dämonischen Mächten. Er befreit sie von angstmachenden dämonischen Gottesbildern. Jesus lehrt die Menschen die Liebe. Er will uns Menschen vom Vergeltungs- und Rachedenken befreien und mit dem Gebot der Feindesliebe zur Barmherzigkeit und Vergebung bewegen. Jesus erweckt die Toten zum ewigen Leben. Genauer gesagt: Durch Jesus erkennen wir, daß unsere Toten nicht tot sind. Unsere Toten sind zwar körperlich nicht mehr anwesend, aber sie leben bei Gott. Durch unser Beten, Gedenken und durch unsere Liebe können wir tragende Beziehungen über das Grab hinaus aufbauen. Ob Jesus Tote wiederbelebt hat, so daß sie später nochmal sterben müssen, wissen wir nicht. Die biblischen Erwekkungserzählungen wollen uns zeigen, daß der Tod keine Macht hat. Gott erweckt zum ewigen Leben, nicht zu einem neuen Tod.

Gründonnerstag

Am ***Gründonnerstag*** offenbart uns Jesus seine Anteilnahme an unserem Leben, und er gibt uns Anteil an seiner Liebe und an seinem Leben. Jesus verkörpert seine unsterbliche Person in Brot und Wein. In dieser Verkörperung wird er unsere Speise. Er „verleibt“ sich uns ein, damit wir aus der Kraft seiner Liebe leben können. In dieser Speise und in diesem Trank ist die ganze Liebe Jesu enthalten, die er in seinem irdischen Leben verwirklicht hat. Das Symbol der Fußwaschung zeigt uns, daß uns Jesus „in seine Hand nimmt“, so daß wir immer in seiner Hand geborgen sind. Wenn wir beim Friedensgruß einander die Hand geben und uns bei der Hand nehmen, geben wir diese Liebe weiter. Es wird uns zugleich bewußt, daß **er** uns nahe ist, wenn wir uns nahe sind und uns liebevoll berühren.

Karfreitag

Am ***Karfreitag*** feiern wir den Tod Jesu. Der Tod Jesu hat gewiß auch politische Hintergründe gehabt. Pontius Pilatus war ein Judenhasser, und Jesus war eine Gefahr für die damalige Herrschaft der römischen Besatzungsmacht. Das Wichtigste am Tod Jesu ist aber die Offenbarung der ewigen grenzenlosen Liebe, die stärker ist als der Haß und als der Tod. Das Kreuz mit dem Gekreuzigten ist das dichteste Zeichen der Liebe Gottes: Es zeigt zunächst alles, wovor wir Angst haben: den Haß und die Grausamkeit der Menschen, die Qual und die Schrecklichkeit des Todes. Es zeigt uns aber auch die Kraft der Liebe, die den Haß und den Tod besteht und übersteht. In der Kraft dieser Liebe werden auch wir den Haß und den Tod besiegen und verwandeln. Jesus sagte zu Nikodemus: „Der Menschensohn (das ist Jesus) muß erhöht werden, damit jeder,

der an ihn glaubt, nicht verlorengeht, sondern das ewige Leben hat". Wer mit dem Zeichen des Gekreuzigten lebt und immer wieder zu ihm aufschaut, wird von Jesus immer wieder die Kraft zum Leben empfangen.

Ostern

An ***Ostern*** feiern wir den Sieg des Lebens über den Tod und den Sieg der Liebe über den Haß. Die Ostererzählungen verkünden uns, daß Jesus lebt. Das Grab ist leer, das heißt: mit und ohne Leichnam Jesu. Jesus, seine Person, ist nicht bei den Toten. Auch wenn ein Leichnam Jesu da gewesen wäre, wäre dieser Leichnam – wie auch einmal unser Leichnam – nur ein Teil des leeren Grabes. Der Auferstehungsleib ist nicht mehr an den irdischen verweslichen Körperstoff gebunden. Die Ostererzählungen sagen uns nicht, **wie** Jesus auferstanden ist, oder wie andere sagen: von den Toten auferweckt wurde. Sie bezeugen aber, **daß** Jesus als Auferstandener den Jüngern und Paulus begegnet ist, und daß er ihnen alle Angst genommen hat. Die Osterbegegnungen sind oft verbunden mit dem Mahl. Dies ist ein Hinweis, daß auch wir bei der „Feier des Brotbrechens", bei der Eucharistiefeier, dem auferstandenen Jesus begegnen können.

Christi Himmelfahrt

Das Fest ***Christi Himmelfahrt*** macht uns deutlich, daß Jesus bei Gott ist, und daß er von oben her bei uns und in uns ist. Durch die bildhafte Vorstellung des Auffahrens können wir das leichter erfassen. Mit Jesus geht's immer aufwärts. Jesus hat unser ganzes Menschsein zu Gott mitgebracht, damit auch wir auf Erden „erleichtert“ leben können. Jesus „sitzt zur Rechten des Vaters“: Der Auferstandene ist die „rechte Hand“ Gottes. Jesus hat alles in der Hand. Und in seiner Liebe wird er alles so „richten“, daß das Reich Gottes vollendet wird. Das ist unsere unzerstörbare Hoffnung, daß Jesus, daß Gott alles in seiner Hand hat, und daß er auch nichts aus der Hand gibt. Seiner Hand kann niemand etwas entreißen.

Pfingsten

Pfingsten ist das Fest des Heiligen Geistes – das Fest der Gotteskraft, die Gott uns „eingießt“ oder „einhaucht“, wenn wir uns dafür öffnen.

Der Hl. Geist ist die Kraft, die bewirkt, daß wir lieben können. In Symbolen wird sie anschaulich: Sie ist wie Wasser, das bewirkt, daß die Samen keimen, – wie die Luft, die bewirkt, daß wir leben können, – wie Feuer, das bewirkt, daß die Menschen laufen, und daß es bei uns hell und warm wird, – wie geistiges Feuer, das bewirkt, daß wir angstlos werden und frei sprechen können.

Der Hl. Geist beinhaltet die Kräfte, die wir brauchen, die wir aber nicht selbst erzeugen können. Kinder haben einmal folgende Formulierungen geprägt: Friedenskraft, Liebekraft, Mögekraft, Freudekraft, Gutgehekraft, Angst-

vergehekraft, Leidekraft, Sehnsuchtkraft, Aushaltekraft, Verzeihekraft, Verzichtekraft …
Pfingsten ist auch das Fest der Sendung. Jesus sagt: „Wie mich der Vater gesandt hat, so sende ich euch“. Jesus hat die Liebe Gottes ganz **menschlich** zu uns gebracht. Er hat diese vergebende Liebe uns eingegossen, damit wir sie ganz menschlich zu allen Menschen weitertragen und weiterausgießen und einhauchen. Durch dieses Weiterausgießen entsteht die Gemeinschaft der Liebenden, die Kirche.

Liebe Leserin, lieber Leser,

spätestens hier wirst du mich unterbrechen und protestieren: Warum spürt man dann in der Kirche und bei den Christen so wenig von der Liebe?! Ich muß gestehen, diese Frage bringt mich in Verlegenheit. Ich kann nur sagen: Es gibt viele Menschen, die sich für gute Christen halten und vielleicht auch getauft sind; innerlich aber sind sie noch erfüllt vom Rache- und Vergeltungsdenken. Ich muß dir ferner sagen: Nur Jesus war ein vollkommener Christ. Wir müssen uns bemühen, daß wir wenigstens „ein bißchen“ Christ sind, indem wir uns um die Liebe bemühen, auch wenn das Böse in uns immer noch so stark ist, daß man oft wenig sieht von der Liebe.

Dann habe ich noch eine Bitte an dich: Sei nicht zu hart und zu rigoros in deinem Urteil. Suche auch das Gute im Menschen. Ein bißchen was Gutes kann man in jedem Menschen finden. Es gehört auch zur Liebe, daß man das bißchen Gute bei einem Menschen auch gelten läßt.

2. Braucht man eine Kirche?

Liebe Leserin, lieber Leser!

„Jesus ja, Glaube ja – Kirche nein“! So sagen heute viele Menschen, die durchaus gläubig sind. Viele Menschen gehen heute nicht mehr in die Kirche, weil sie vom christlichen Glauben schon, aber von der Kirche nicht mehr überzeugt sind. Früher mußte man in die Kirche gehen, weil es Tradition war, und weil **man** ging. Heute gehen meistens nur die in die Kirche, die von ihr überzeugt sind.

Viele Menschen gehen heute nicht mehr in die Kirche, weil sie vom christlichen Glauben schon, aber von der Kirche nicht mehr überzeugt sind.

Nun gibt es freilich in der Kirchengeschichte viel Entsetzliches, das mit „Liebe“ nichts mehr zu tun hat. Verbrechen, Grausamkeiten bis hin zu den Herzlosigkeiten unserer Tage können den Glauben an eine von Christus gestiftete Kirche wahrhaftig erschüttern. Die Verbrechen in der Kirchengeschichte werden heute von den Medien schonungslos aufgedeckt. Hunderttausende, Millionen von Menschen wurden in Kreuzzügen, in der Hexenverfolgung und in „heiligen Kriegen“ getötet und oft grausam ermordet – und das alles „im Namen Gottes“. „Im Namen Gottes“ hat die Kirche auch Waffen gesegnet! „Gott will es“ stand auf den Fahnen der Kreuzzüge. Im letzten Krieg stand noch auf dem Koppelschloß der Soldatenuniform: „Für Gott und Vaterland“. In unserer Zeit erleben wir, wie in den fundamentalistischen Gruppen

Die Verbrechen in der Kirchengeschichte werden heute von den Medien schonungslos aufgedeckt.

des Islam im Namen Allahs grausame Verbrechen und Greueltaten begangen werden. Aber der Hinweis, daß in allen Religionen im Namen der Religion Verbrechen begangen werden, entlastet die Kirche nicht, die die Liebe in der Menschheit verbreiten soll. Leider gibt es auch heute noch viele Vertreter des christlichen Glaubens, die mit Gott Angst statt Freude machen, und die die Frohbotschaft immer noch als Drohbotschaft verkünden.

Leider gibt es auch heute noch viele Vertreter des christlichen Glaubens, die mit Gott Angst statt Freude machen.

Vielleicht fragst du dich auch: Wozu brauche ich überhaupt eine Kirche? Die Hauptsache ist doch, daß ich den Glauben tief in mir habe!? – Auch ich könnte nicht zur Kirche stehen, wenn ich nicht überzeugt wäre, daß trotz allem Negativen und Bösen doch die Botschaft von der Liebe lebendig war und ist. Es sind vor allem die großen Beispiele der Nächstenliebe – bis hin zu Mutter Teresa und den vielen Diensten selbstloser Liebe, von denen niemand spricht –, die zeigen, was die Kirche eigentlich ist, und was der Geist Christi wirkt.

Was spricht heute noch für die Kirche?

Wir müssen zunächst ganz allgemein über uns Menschen nachdenken. Liebe braucht Gemeinschaft. Menschen können nur in Gemeinschaft leben. Eine Liebe, die nur „tief drinnen ist“ und nicht „ausgelebt“ wird, kann es gar nicht geben. Die kleineren Gemeinschaften sind immer zusammengeschlossen in größere Gruppeneinheiten: Mann und Frau – Eltern, Kinder, Geschwister, Verwandtschaft – Gemeinde – Stamm, Nation – Volk – Völkergemeinschaft.

Liebe braucht Gemeinschaft. Menschen können nur in Gemeinschaft leben.

Ein Liebespaar, das noch ganz stark von den Liebesgefühlen fasziniert ist, hat oft den Wunsch, „ganz allein“ auf einer ganz einsamen paradiesischen Insel paradiesisch zu leben. Nach dem verzaubernden Rausch der Gefühle kommt aber die Einsicht, daß man Freunde und größere Lebensgruppen braucht, damit man leben kann. Jede kleinere Gemeinschaft braucht eine größere Gemeinschaft, in der sie gut aufgehoben ist, und jede größere Gemeinschaft braucht die kleineren, aus denen sie sich aufbaut. So wie das Leben nur in Gemeinschaft und als Gemeinschaft gelebt werden kann, kann auch der Glaube, der zum Leben gehört, nur in Gemeinschaft gelebt werden.

So wie das Leben nur in Gemeinschaft und als Gemeinschaft gelebt werden kann, kann auch der Glaube, der zum Leben gehört, nur in Gemeinschaft gelebt werden.

Es gibt heute noch viele Staaten und Völker, die vorwiegend nur eine Religion haben. Unser

Unser deutscher Staat und das deutsche Volk sind „pluralistisch“.

deutscher Staat und das deutsche Volk sind „pluralistisch“, d. h. es gibt viel verschiedene religiöse und weltanschauliche Gruppen, die nebeneinander existieren. Dies ist aber nur möglich, wenn sich diese Gruppen gegenseitig achten und tolerieren.

„Tolerieren“ heißt „gelten lassen“.

„Tolerieren“ heißt „gelten lassen“. Weltanschauliche Gruppen können sich aber nur tolerieren, wenn sie die Überzeugung vertreten, daß **alle** Menschen und Menschengruppen Religionsfreiheit und gleiches Recht auf Leben haben.

Der Staat hat darauf zu achten, daß die verschiedenen Gruppen nebeneinander existieren können.

Der Staat hat darauf zu achten, daß die verschiedenen Gruppen nebeneinander existieren können, und daß keine Gruppe die andere unterdrückt. Die Freiheit des anderen ist immer die Grenze meiner Freiheit. Der Staat muß auch darauf achten, daß Menschen religiös nicht gegängelt und manipuliert werden zu Gemeinschaften, die den Staat und die Gesellschaft zerstören.

Der christliche Glaube an die ewige und grenzenlose Liebe ist eine unübertroffene Grundlage für Toleranz und Frieden unter den Völkern und Religionen.

Der christliche Glaube an die ewige und grenzenlose Liebe ist eine unübertroffene Grundlage für Toleranz und Frieden unter den Völkern und Religionen. Denn nach christlicher Auffassung liebt „unser“ Gott immer **alle** Menschen, auch die Menschen in anderen Religionen. Er liebt auch unsere „Feinde“! Wenn wir wollen, können wir „unseren“ Glauben an die Liebe auch in anderen Religionen entdecken. Der „Christengott“ wirkt auch „versteckt“ in anderen Religionen – **wenn** die Menschen, die Christen und die anderen, an die ewige grenzenlose Liebe glauben würden.

Was habe ich von der Kirche, was kann mir die Kirche geben?

Der Glaube bleibt tot und wirkungslos, wenn er nicht gelebt wird in der Gruppe der Gleichgesinnten.

Wir haben schon gesehen, daß der Glaube an die Liebe ganz persönlich, innerlich und selbständig sein muß. Aber der Glaube bleibt tot und wirkungslos, wenn er nicht gelebt wird in der Gruppe der Gleichgesinnten. Eine wichtige Antwort auf die Frage: „Was ist die Kirche?" stammt von Augustinus: „Die Kirche ist die Gemeinschaft der Gläubigen". Die Menschen versammeln sich und schließen sich in Gruppen (und „Vereinen") zusammen, um die Liebe zu erleben und zu verwirklichen, auch wenn es infolge unserer Unvollkommenheit immer Probleme gibt. Wir versammeln uns, um **Gemeinschaft** zu erleben. Wir versammeln uns, um gemeinsam zu beten und die Feste des Glaubens zu **feiern**. Wir versammeln uns, um miteinander zu **teilen** und **Gutes zu tun**. Paulus sagt einmal: „Tut Gutes allen – zuerst den Glaubensgenossen". Die Christengruppe schließt sich **zusammen**, aber sie schließt sich nicht **ab** von den anderen Menschen. Sie fühlt sich berufen, die Liebe Gottes allen Menschen mitzuteilen. „Mis-

„Die Kirche ist die Gemeinschaft der Gläubigen".

Feiern – Teilen – Gutes tun

sion“ und „Caritas“ sind Einrichtungen, die der Verbreitung dieser Liebe dienen.

Beten – Sakramente

Wir versammeln uns, um gemeinsam zu **beten**. Wir versammeln uns, um die Gegenwart der Liebe Gottes in Jesus Christus zu erfahren in den Sakramenten. Die Sakramente zeigen uns, **daß** und **wie** Gott für uns da ist (Taufe: Gott ist da für uns wie Wasser und **im** Zeichen des Wassers; Eucharistie: Gott ist da für uns wie Brot und Wein und **im** Zeichen von Brot und Wein bzw. im Essen und Trinken; alle anderen Sakramente: Gott ist da für uns wie „Hand“, d. h. in allen Arten menschlicher Nähe können wir seine Liebe erleben).

Wir versammeln uns vor allem, damit wir immer wieder das **Wort Gottes hören** und in uns aufnehmen: die Botschaft von der ewigen grenzenlosen Liebe.

Gemeinschaft verlangt ganz automatisch Gemeinschaftsgehorsam.

Die Gemeinschaft der Gläubigen kann uns viel geben. Gemeinschaft kann aber nur entstehen, wenn sich ihre Mitglieder dafür verantwortlich fühlen und sich miteinander verbinden, indem sie sich an die Gemeinschaft und ihre Regeln halten. Gemeinschaft verlangt auch einen Gemeinschaftsgehorsam, der meine selbständige Verantwortung nicht aufhebt, sondern herausfordert. Der Ohne-mich-Standpunkt oder das Lust- und Laune-Prinzip stören und verhindern jede Gemeinschaft.

Wir müssen auch bedenken, daß wir Menschen „Regelwesen“ sind. Was wir nicht regelmäßig tun und üben, kommt in unserem Leben nicht zur Wirkung. Ich muß regelmäßig etwas tun (feiern, fasten, Verzicht üben, beten, Gutes tun), damit ich „etwas davon habe“!

Was wir nicht regelmässig tun und üben, kommt in unserem Leben nicht zur Wirkung.

Nun kommen wir zu einer weiteren Frage, die heute sehr viel diskutiert wird, und die du dir vielleicht auch schon gestellt hast:

Hat Jesus eine Kirche – diese Kirche – gewollt und gegründet?

Jesus hat organisatorisch keine Kirche gegründet, aber er hat die Kirche „bewirkt“; er hat bewirkt, daß die Kirche entsteht. Wenn der Glaube an die Liebe Gottes die Menschen ergreift, was wir an Pfingsten feiern, dann entsteht Gemeinschaft, „Kirche“. Aber! Nun kommt das große Aber! Wenn ein Mensch von der grenzenlosen Liebe Gottes ergriffen ist, dann ist er noch lange kein vollkommener Christ. Es gibt nur einen „vollkommenen Christen“, das ist Jesus Christus selbst. Wir Christen stehen mehr oder weniger am Anfang des Christ-Werdens. Wir sind unterwegs, aber noch nicht am Ziel. Auch wenn wir glauben, sind wir immer noch unvollkommen. Wenn jemand die Kirche messen will

Jesus hat organisatorisch keine Kirche gegründet, aber er hat die Kirche „bewirkt“.

**Es gibt nur einen „vollkommenen Christen“, das ist Jesus.
Wir Christen stehen mehr oder weniger am Anfang des Christ-Werdens.**

an der Vollkommenheit der Christen, kommt er immer zu einem schlechten Ergebnis. Du kannst die Kirche nicht messen an den Christen, sondern am Glauben an die Liebe. Diesen Glauben versuchen die Christen zu verwirklichen, so gut sie es halt können. Es gibt auch viele, die sich Christen nennen, die es innerlich aber gar nicht sind, weil sie nicht an den allerbarmenden Gott glauben und die Konsequenzen nicht ziehen wollen, die dieser Glaube mit sich bringt. Und so kommt es, daß auch das Böse in der Kirche oft ganz gewaltig zu finden ist, obwohl die Grundlage der Kirche der Glaube an die Liebe ist, die sich in Jesus verkörpert hat. Viele Menschen reißen sich Jesus sozusagen „unter den Nagel“; d. h. sie spannen Jesus ein für ihre egoistischen Bedürfnisse und tun „im Namen Gottes“ Böses. So kann es geschehen, daß „im Namen Gottes“ Verbrechen verübt werden. Jesus hat das schon gesehen, wenn er sagt: „Es werden Zeiten kommen, in denen viele meinen, Gott einen Dienst zu erweisen, wenn sie euch töten“, d. h. wenn sie Menschen töten, die nicht so denken und handeln, wie sie es wollen und verlangen. Es ist hier so ähnlich wie bei den grausamen Geschichten im Alten (Ersten) Testament: Gott erwählt Menschen, ein ganzes Volk. Aber er hebt dabei die menschlichen Grausamkeiten und Bosheiten nicht auf. Diese müssen die Menschen all-

Es gibt auch viele, die sich Christen nennen, die es aber innerlich gar nicht sind.

So kann es geschehen, daß „im Namen Gottes“ Verbrechen verübt werden.

mählich selber überwinden durch die Kraft der Liebe, die Gott ihnen zeigt und schenkt.
Gott zwingt nicht von außen; die Liebe kann sich nur von innen her allmählich durchsetzen. Jesus hat das in Bildern und Gleichnissen zum Ausdruck gebracht. Z. B. das Reich Gottes auf Erden ist wie ein Acker, auf dem Unkraut und Weizen wächst. Man muß das Unkraut stehen lassen, bis es am Ende von selber vergeht durch die Kraft der Liebe Gottes, bis es „verbrannt" wird durch das „Feuer der Liebe". Oder: Das Reich Gottes ist wie ein Schatz in einem Acker; d. h. wer den Schatz will, muß den ganzen Acker („Dreck") in Kauf nehmen. Jesus ist makellos, aber die Kirche ist es nicht. Auch die Kirche spricht heute ganz offiziell von sich als der „sündigen Kirche". Das Gleichnis Jesu vom Sauerteig („das Himmelreich gleicht einem Sauerteig") zeigt an, daß die Liebe Gottes echt da ist; aber sie muß sich erst noch durchsetzen. Sie muß sich allmählich durchsetzen in jedem einzelnen Menschen, in der Kirche, in der Menschheit und in der Welt als ganzer.

Jesus hat das alles gewußt und in Kauf genommen.

Jesus ist makellos, aber die Kirche ist es nicht.

Die Tatsache aber, daß die Liebe da ist, und daß sie bereits in vielen Menschen angefangen hat, sich durchzusetzen, gibt uns die feste Hoffnung, daß sie sich weiter durchsetzen wird, bis alles vollendet ist. Die Liebe ist der Himmel auf Erden. Die Liebe muß sich in mir, in der Kirche

Wenn sich die Liebe durchgesetzt hat, sind wir „ganz drin" im Himmel.

und in der Welt erst noch durchsetzen. Wenn wir lieben, wie Jesus geliebt hat, fangen wir an, in den Himmel zu kommen. Wenn sich die Liebe durchgesetzt hat, sind wir „ganz drin" im Himmel.

Im Evangelium gibt es verschiedene Bilder und Vorstellungen von „Kirche". Im Matthäus-Evangelium sagt Jesus: „Einer ist euer Meister (Vater und Lehrer); ihr alle aber seid Brüder und Schwestern". Der Johannesevangelist bringt das Bild vom Weinstock. Jesus sagt: „Ich bin der Weinstock, ihr seid die Reben". Paulus vergleicht die Kirche mit dem Leib: „Ihr seid der Leib Christi; Christus ist das Haupt, und jeder einzelne ist ein Glied an ihm. Der Evangelist Lukas sieht die Kirche mehr von außen als Ämterkirche. In der Apostelgeschichte erzählt er von den Anfängen der Kirche und dem Wirken des Hl. Geistes in ihr. Bis heute ist in der Kirche das Ämtermodell vorherrschend. Es kann sein, daß wir an einer Wende stehen, und daß in Zukunft die Brüder- und Schwesterngemeinde Jesu mehr in den Vordergrund tritt.

Bis heute ist in der Kirche das Ämtermodell vorherrschend.

Nun bleibt uns noch ein letztes Problem: Die Kirche und ihre Institution(en). Ich möchte so fragen:

Braucht die Kirche eine Institution, braucht sie einen Papst?

Viele Menschen interessiert die Kirche gar nicht meh; sie haben darum auch keine Not mit ihrer

Institution. Andere aber reiben sich auf an den Problemen der Institution. Mit Institution sind die äußeren Einrichtungen in der Kirche gemeint, die Ämter, Vorschriften, Gebote und Verbote und eine ganze Ordnung der äußeren Dienste. Jesus hat die Kirche als Gemeinschaft der Gläubigen verursacht und bewirkt. Zu jeder Gemeinschaft gehören aber Institutionen, Einrichtungen, damit die Gemeinschaft in unserer Welt existieren kann. Die Institution der Kirche verhält sich zur Liebe Gottes, aus der sie lebt, etwa so wie die Verpackung zum Inhalt. Manche Menschen, die zu wenig vom Inhalt leben, ärgern sich fast zu Tode über Verpackungsprobleme.

Ein Hauptproblem ist die Macht. Mancher Amtsinhaber will mehr herrschen als dienen. Jesus hat gewiß die Ämter indirekt mit der Kirche gewollt. Aber die Einsetzung der Ämter kommt durch Menschen, die die Gemeinschaft der Glaubenden verwirklichen wollen. Man könnte die Ämter in der Kirche als gottgewollt, aber nicht als „göttlich" bezeichnen. Gerade in den Leitungsämtern wird die Problematik des Herrschens offenbar. Mancher nützt sein Leitungsamt aus zum persönlichen Machtgewinn. Jesus sagt aber ganz klar: „Die Herrscher dieser Welt unterdrücken ihre Untergebenen. Bei euch soll es nicht so sein. Wer groß sein will, sei euer aller Diener".

Mit Institution sind die äußeren Einrichtungen in der Kirche gemeint.

Die Institution der Kirche verhält sich zur Liebe Gottes, aus der sie lebt, etwa so wie die Verpackung zum Inhalt.

Man könnte die Ämter in der Kirche als gottgewollt, aber nicht als „göttlich" bezeichnen.

Bei den Ämtern in der Kirche geht es immer um Dienst, nicht um Herrschaft.

Äußerlich, im Bereich der Institution, kann man den Papst als Oberhaupt der Katholischen Kirche bezeichnen.

Bei den Ämtern in der Kirche geht es immer um Dienst, nicht um Herrschaft. Der „Herr" der Kirche ist Jesus Christus, und die Kirche entsteht durch die Liebe, die Jesus verkörpert und durch den Glauben der Menschen an diese Liebe. Äußerlich, im Bereich der Institution, kann man den Papst als Oberhaupt der Katholischen Kirche bezeichnen. Von innen her betrachtet ist der Papst der Diener aller Diener. Die Kirchengeschichte zeigt jedoch, daß viele Päpste alles andere als Diener der Menschen und der Liebe Gottes waren. Dies und alle andern Machtmißbräuche gehören zu den Mißständen, die Jesus mit der Kirche in Kauf genommen hat, und die wir in Kauf nehmen müssen, wenn wir einer Kirche – nicht nur der „katholischen" – angehören wollen.

„Unfehlbarkeit" des Papstes: Im Glauben an die ewige grenzenlose Liebe Gottes ist jeder Mensch „unfehlbar".

Die Hauptaufgabe des Papstes ist die Sorge um die Einheit der Kirche.

In der Katholischen Kirche spricht man viel von der „Unfehlbarkeit" des Papstes: Im Glauben an die ewige grenzenlose Liebe Gottes ist jeder Mensch „unfehlbar". Beim Papst hat das auf Grund seiner hohen Stellung eine besondere Bedeutung. Die Hauptaufgabe des Papstes ist die Sorge um die Einheit der Kirche. Er muß dafür sorgen, daß keine falschen Lehren die Botschaft von der ewigen Liebe Gottes zu allen Menschen zerstören. Die Kirchengeschichte zeigt, daß dies auch oft nicht gelungen ist. Auch in Zukunft wird die kirchliche Institution immer

Mängel aufzuweisen haben, weil die Amtsinhaber alle ihre persönlichen Mängel, Fehler und Grenzen haben, die auch durch einen „wahren Glauben“ nicht ausgeräumt sind. Die Institution der Kirche darf nicht erstarren ; sie muß so flexibel sein, damit sie möglichst gut hilft, das Leben aus dem Glauben zu verwirklichen. Die Probleme in der Kirche können aber nicht die Amtsträger alleine lösen bzw. deren Lösung verhindern. Denn der Glaube aller muß die Probleme in der Kirche lösen. Der Hl. Geist ist nicht nur bei den Amtsträgern; er wirkt in **allen** Gläubigen. Darum müssen die Amtsträger immer auf alle Gläubigen hören, wenn sie Anordnungen treffen. Probleme in der heutigen Katholischen Kirche sind der Zölibat, Priestertum der Frau, Zulassung ungültig Verheirateter zu den Sakramenten und die Sexualmoral.

Auch in Zukunft wird die kirchliche Institution immer Mängel aufzuweisen haben.

Denn der Glaube aller muß die Probleme in der Kirche lösen.

Die Regelung des Lebens durch die Institution (Gebote, Verbote) hebt aber die persönliche Verantwortung des einzelnen nicht auf. Der einzelne muß schließlich immer das tun, was die Liebe verlangt, und was er vor Gott verantworten kann. Mit „Dienst nach Vorschrift“ kann man nämlich oft die Forderungen der Liebe umgehen. In den letzten Entscheidungen ist jeder ganz allein mit Gott.

Die Regelung des Lebens durch die Institution (Gebote, Verbote) hebt aber die persönliche Verantwortung des einzelnen nicht auf.

Die Katholische Kirche und die christlichen Kirchen

Liebe Leserin, lieber Leser, wir haben jetzt vor allem von der „katholischen“ Kirche gesprochen; ich gehöre als Priester zu dieser „katholischen Kirche“. Durch das Wort „katholisch“ grenzt sich diese Kirche ab von den anderen christlichen Kirchen und Gemeinschaften, obwohl „katholisch“ „allumfassend“ heißt. Im christlichen Glaubensbekenntnis sagen wir: „Ich glaube an die heilige christliche Kirche“. Außer der katholischen Kirche gibt es andere christliche Kirchen. Sie haben alle etwas gemeinsam: den Glauben an die Liebe Gottes und an die Verkörperung dieser Liebe in Jesus Christus. In den Institutionen und in manchen Lehren sind diese Kirchen verschieden.

Außer der katholischen Kirche gibt es andere christliche Kirchen, die mit dem Wort christliche Kirche alle gemeint sind.

Liebe Leserin, lieber Leser,

vielleicht willst du mich nun fragen: Soll ich mich für eine Kirche entscheiden – und wenn, dann für welche? Ich kann dir darauf wieder nur antworten: Glaub’, was du willst, aber glaub’ selber! Entscheide dich, wie du willst, aber entscheide dich selber und entscheide dich ganz. Entscheide dich für die Glaubensgemeinschaft,

Entscheide dich, wie du willst, aber entscheide dich selber und entscheide dich ganz.

in der du die ewige grenzenlose Liebe am besten erfährst und am besten verwirklichen kannst.

Zum Schluß möchte ich dir meine ganz persönlichen Gründe sagen, warum ich glaube, und warum ich nur an einen Gott glauben kann, der die ewige grenzenlose Liebe ist, und warum ich gerne „katholisch" bin:

Ich glaube,

weil alle Menschen nach ewiger Liebe schreien,

(1) Alle Menschen schreien nach Liebe. Sie schreien nicht nur nach liebenden Menschen, die oft fehlen; sie schreien nach einer immer zuverlässigen Liebe. Wenn alle Menschen so geschaffen sind, daß sie ohne diese Liebe nicht leben können, dann – meine ich – muß es diese Liebe doch auch geben. Diese Meinung teile ich mit sehr vielen anderen Menschen.

weil mich der Glaube an die Liebe von aller Angst befreit,

(2) Der Glaube an die ewige Liebe befreit mich von aller Angst. Durch diesen Glauben habe ich auch die ganz feste Hoffnung, daß am Ende alles gut wird, und daß kein Mensch und kein Geschöpf ewig verlorengeht oder gar verdammt wird, so wie man es sich früher oft vorgestellt hat.

weil ich die Liebe als Kraft in der Freude und im Leid erfahren kann,

(3) Die ewige Liebe kann ich besonders erfahren in Freude und Leid. Die Liebe ist die Kraft in der Freude und die Kraft im Leid. Ich kann auch jedem Menschen zeigen, daß Gott eine ganz praktische Wirklichkeit ist, auch wenn er noch nicht glaubt. Gott ist die Kraft, die „zieht" in jeder Beziehung. Gott ist das Nahe in

weil ich Gott erlebe als das Glück in der Liebe,

der Nähe, das, was glücklich macht im Glück aller Beziehungen zu Menschen und zu allen anderen Geschöpfen. Ich glaube an Gott, weil ich Gott erlebe als das Glück in der Liebe.

weil ich mit diesem Glauben die Bibel richtig lesen kann.

(4) Wenn ich an die ewige Liebe glaube, dann kann ich die Bibel als großen Liebesbrief Gottes an alle Menschen verstehen. Die Bibel ist das Buch, in dem viele Menschen ihre Gotteserfahrungen aufgeschrieben haben. Die Bibel zeigt uns Jesus als die Verkörperung der ewigen Liebe. An Weihnachten feiern wir das Fest, an dem die ewige Liebe Mensch geworden ist.

Dabei entdecke ich: Jesus ist die Verkörperung der ewigen Liebe.

Ich bin gerne „katholisch“, weil ich den sinnlichen Reichtum der Liturgie und der Sakramente sehr schätze.

(5) Wir Menschen sind bei der Gotteserfahrung auf unseren Körper mit seinen Sinnen angewiesen. Ich bin gerne „katholisch“, weil ich den sinnlichen Reichtum der Liturgie und der Sakramente sehr schätze, und weil ich in dieser Tradition glauben gelernt habe.

3. Das Glaubensbekenntnis

Das Apostolische Glaubensbekenntnis

Ich glaube an Gott,
Alle Menschen und alle Geschöpfe sehnen sich nach Liebe, nach ewiger, unbedingter, grenzenloser Liebe. Gott ist die Liebe, die Liebe ist Gott. Ich glaube an die ewige Liebe.

den Vater, den Allmächtigen,
Gott ist der ewige Ursprung von allem Leben und von allem, was es gibt. Gott ist unser Vater und unsere Mutter. Wir und alle Geschöpfe sind Geschwister. Gott ist in allem mächtig. Er wirkt auch im Bösen, so daß das Böse letztlich auch dem Guten dient.

den Schöpfer des Himmels und der Erde,
Gott hat alles erschaffen. Er hat eine Welt erschaffen, in der es auch Leid und Tod und das Böse gibt. Gott hält aber die ganze Schöpfung in seiner Hand, so daß wir gewiß sind, daß am Ende alles gut wird, auch wenn wir jetzt vieles nicht verstehen.

und an Jesus Christus,
Wir Menschen sind auf unseren Körper und unsere Sinne angewiesen. Gott hat sich in Jesus verkörpert, damit wir uns von Gott ein Bild machen können.

seinen eingeborenen Sohn, unsern Herrn,
Gott ist die Liebe. Zur Liebe gehören immer drei: Zwei Personen und die persönliche Kraft, die sie eint. Wir glauben an den einen Gott in drei Personen. Der Sohn (die zweite göttliche Person) ist wie der Vater (die erste göttliche Person). Der Sohn hat nur einen Ursprung; darum nennen wir ihn „ein“geboren. Er ist ganz in Gott „hineingeboren“.
Er ist unser Herr, der herrscht, und dem alle dienen müssen. Wenn die Liebe herrscht, und wenn alle der Liebe dienen, ist das Reich Gottes vollendet.

empfangen durch den Heiligen Geist,
Der Heilige Geist (die dritte göttliche Person) ist die göttliche Liebeskraft und Schöpferkraft, die alles bewirkt, und zu der wir auch „du“ sagen können. Jeder Mensch und jedes Kind stammt von Gott, Jesus aber in ganz besonderer Weise.

geboren von der Jungfrau Maria,
Maria ist die „Geliebte“ Gottes, die „Braut“ des Hl. Geistes. Sie ist ganz offen und bereit für Gott. Sie hat Gott empfangen und zur Welt gebracht.

gelitten unter Pontius Pilatus,
Pilatus war ein Judenhasser. Jesus hat aber vor

allem deshalb gelitten, weil er mit der Botschaft der allvergebenden Liebe angeeckt ist bei den Menschen, und weil er die Menschen trotzdem geliebt hat und nicht vor ihnen geflohen ist.

gekreuzigt, gestorben und begraben,
Jesus hat durch seinen Tod am Kreuz, den er freiwillig auf sich nahm, bezeugt und bewiesen, daß es die Liebe gibt, die stärker ist als der Haß und stärker als der Tod.

hinabgestiegen in das Reich des Todes,
Zur Zeit Jesu stellte man sich vor, daß die Toten in der Unterwelt weiterexistieren. Die Liebe Gottes, die in Jesus offenbar geworden ist, betrifft alle Menschen vor ihm und nach ihm, alle Menschen, die schon da waren, und alle, die noch kommen werden. Jesus hat den Tod besiegt. Der Tod hat auch „rückwirkend“ keine Macht mehr.

am dritten Tage auferstanden von den Toten,
Die Jünger Jesu haben erfahren, daß Jesus nicht im Tod geblieben ist. Jesus ist nach seinem Tod den Jüngern erschienen, und zwar in ganz neuer Weise. In den heiligen Zeichen von Brot und Wein können auch wir dem Auferstandenen begegnen und eins werden mit ihm. Die drei österlichen Tage sind Symbol für das Neuwerden

durch Gott: Zuerst das Alte (Karfreitag: Tod), dann der Nullpunkt (Karsamstag: „Nichts“) und dann das ganz Neue (Ostern: Auferstehung).

aufgefahren in den Himmel;
Von oben her ist Jesus allgegenwärtig. Er ist über uns, bei uns und in uns. Er hat all unsere Not zu Gott gebracht. Darum haben wir die Hoffnung, daß wir alle in der Liebe Gottes vollendet werden. Sollte unsere Welt vernichtet werden, – Gott steht drüber und macht alles neu.

er sitzt zur Rechten Gottes, des allmächtigen Vaters;
Der auferstandene Jesus ist beim Vater. Er ist die „rechte Hand“ Gottes; in seiner Hand ist alles geborgen: Anfang und Ende, Zeit und Ewigkeit, Himmel und Erde.

von dort wird er kommen,
Von uns aus gesehen, kommen wir zu Gott, wenn wir sterben. Von Gott her gesehen, kommt er zu uns. „Er kommt und holt uns“, wenn wir sterben. Gott ist immer „entgegenkommend“!

zu richten die Lebenden und die Toten.
Die allvergebende Liebe wird am Ende alles richten, d. h. bewirken, daß alles recht und rich-

tig wird. Wir haben die feste Hoffnung, daß alle Menschen sich bekehren und barmherzig werden wie Gott, wenn sie Gott von Angesicht zu Angesicht begegnen im Todesgeschehen. (Die schmerzlichen Bekehrungsprozesse nannte man früher „Fegefeuer".)

Ich glaube an den Heiligen Geist,
Noch einmal wird betont: Ich glaube an die allmächtige Kraft der ewigen Liebe, die alles schafft, eint, heilt und vollendet trotz aller Zweifel, die aus unserem Denken stammen. Der Hl. Geist ist die „Wirklichkeit" Gottes.

die heilige, christliche Kirche,
Jesus Christus hat keine institutionelle Kirche gegründet, aber er hat sie bewirkt. Der Glaube an die Liebe führt die Menschen zum Leben in der Gruppe zusammen. Jede Menschengruppe braucht Institutionen. Es gibt die innere Zugehörigkeit zur Kirche durch Glaube, Hoffnung und Liebe, und die äußere Zugehörigkeit, die von der Institution bestimmt ist. Das Wort „katholisch" heißt eigentlich „allumfassend" und ist kein Gegensatz zu „christlich".

Gemeinschaft der Heiligen,
Die „Heiligen" sind die von der Liebe Erfüllten. Die Liebe eint auch über den Tod hinaus. Die

Beziehung zu Verstorbenen kann eine starke Kraft im Leben werden, die unsere Todesängste überwinden hilft und uns vor Vereinsamung bewahrt.

Vergebung der Sünden,

Durch die Sünde verliert der Mensch das Gottvertrauen und die Geborgenheit in Gott. Sünde ist Mißtrauen gegen Gott, und ohne Gottvertrauen regiert die Angst. Wenn wir auch in unserem Unglauben und Egoismus oft vieles selber in unserem Leben zerstören, so ist und bleibt Gott da, der alle Trümmer in seiner Liebe auffängt und alles neu macht. Gott vergibt uns immer, und dadurch bewirkt er, daß auch wir einander immer wieder vergeben können.

Auferstehung der Toten

Viele Menschen glauben heute auch bei uns an die Lehre von der Wiedergeburt („Reinkarnation"). Nach dieser Lehre kommt ein Mensch immer wieder auf die Welt, bis er alle Schuld ausgeglichen und sein „Karma" abgetragen hat. Erst dann kann er eingehen in das ewig All-Eine („Nirvana"). Nach der christlichen Lehre vergibt Gott allen alles. Aber auch nach christlicher Auffassung kommt ein Mensch erst in den Himmel, wenn er total barmherzig geworden ist. Dieses vollkommen-barmherzig-Werden, auch

„Fegefeuer“ genannt, könnte man mit der Karma-Lehre vergleichen.
Wir glauben, daß mit dem Tod nur das irdisch-vergängliche, körperliche Dasein beendet ist. Im Glauben an die ewige Liebe können wir erahnen, was das heißt: „in den Himmel kommen“ und „die Toten wiedersehen“. „Auferstehung“ und „Auferweckung“ sind Vorstellungen für etwas, das wir uns eigentlich und stimmig gar nicht vorstellen können.

und das ewige Leben.
Werden und Vergehen, Leben und Sterben, Geburt und Tod sind Gegensätze, die zusammengehören. In diesen Gegensätzen erleben wir das ewige unsterbliche Leben. Auch der Tod gehört zum ewigen Leben. Auch im Tod ist ewiges Leben.

Amen.
So ist es. Das ist es. Das ist unser Glaube an die ewige grenzenlose Liebe, der uns befreit von allen Ängsten, und der uns jetzt schon ewig glücklich macht

Liebe Leserin, lieber Leser,

nun verabschiede ich mich wieder von dir. Ich danke dir für's Zuhören. Ich wünsche dir auch einen Glauben, der dich so glücklich macht wie mich der meine macht. Freilich – diesen Glauben kann man nicht machen; er ist ein Geschenk. Aber man kann etwas dafür tun: Man kann darum beten, und man kann sich mit Gott und mit der Bibel befassen. Vielleicht konnte ich dir ein wenig beistehen auf der Suche nach dem Sinn des Lebens und nach dem Glauben, der glücklich macht. – Wenn ja, dann freut es mich. Es ist auch das ein Geschenk der Liebe Gottes, an die ich glaube. – Wenn nein, macht es auch nichts. Irgendwann wirst du dem lebendigen Gott begegnen und erfahren, daß du bedingungslos mit ewiger Liebe unverlierbar geliebt bist.